作者／

西元洋（にしもとよう）

一九六九年出生於鹿兒島縣。生兒子時歷經難產，為了將為人母的喜悅分享給更多爸爸媽媽，所以寫出本書，這也是第一本繪本作品。目前住在東京。

繪者／

黑井健

日本著名插畫家、繪本畫家。一九四七年生於新潟縣。畢業於新潟大學教育系中等美術科，曾擔任繪本編輯。擅長以色鉛筆創作，風格纖細獨特。
一九八三年獲第九屆 SANRIO 美術獎、二〇〇〇年時以《木天蓼旅行社》（茂市久美子著）獲紅鳥插畫獎。
主要作品有《小狐狸阿權》、《小狐狸買手套》（偕成社），《翻跟斗》、《媽媽的眼睛》（あかね書房），「狗狗小圓」系列（ひさかた Child），《木天蓼旅行社》（紅鳥插畫獎／學研）、《戴斗笠的地藏菩薩》（童心社），《太陽、月亮，與這個世界》（教育畫劇）等。
現居於神奈川縣。山梨縣的北杜市清里設有「黑井健繪本 House」。

譯者／

顏秀竹

EZ Japan ／ EZ Korea 總編輯。
當媽媽後，常莫名的母愛作祟，在書店裡閱讀充滿親子之愛的童書都會讀到眼泛淚光，於是自告奮勇擔任此書的翻譯；雖然原文很簡單，但原文越簡單，就必須對故事的內涵越有深刻的體會……我想到目前為止，生子過後的內建母愛激素發揮，加上每晚親子閱讀的訓練，應該可以為大家說個好故事。

うまれてきてくれてありがとう……

謝謝你來當我的寶貝……

著　西元洋 にしもとよう
繪　黑井健
譯　顏秀竹

我正在尋找媽媽。
神跟我說：「你可以出生囉！」

所以，我正在尋找媽媽。

我問小小熊：

「你知道我的媽媽在哪裡嗎？」

小小熊說：

「你的媽媽我不知道，

但我的媽媽在那邊唷。

你來看！」

小小熊的媽媽一看到小小熊，
就緊緊的抱住他說：
「謝謝你來當我的寶貝！」

我也問小猩猩：

「你知道我的媽媽在哪裡嗎？」

小猩猩說：

「你的媽媽我不知道，

但我的媽媽在那裡唷。

你來看！」

小猩猩的媽媽，
一看到小猩猩，
就馬上給了好多好多愛的親親。

猩猩媽媽說：
「謝謝你來當我的寶貝！」

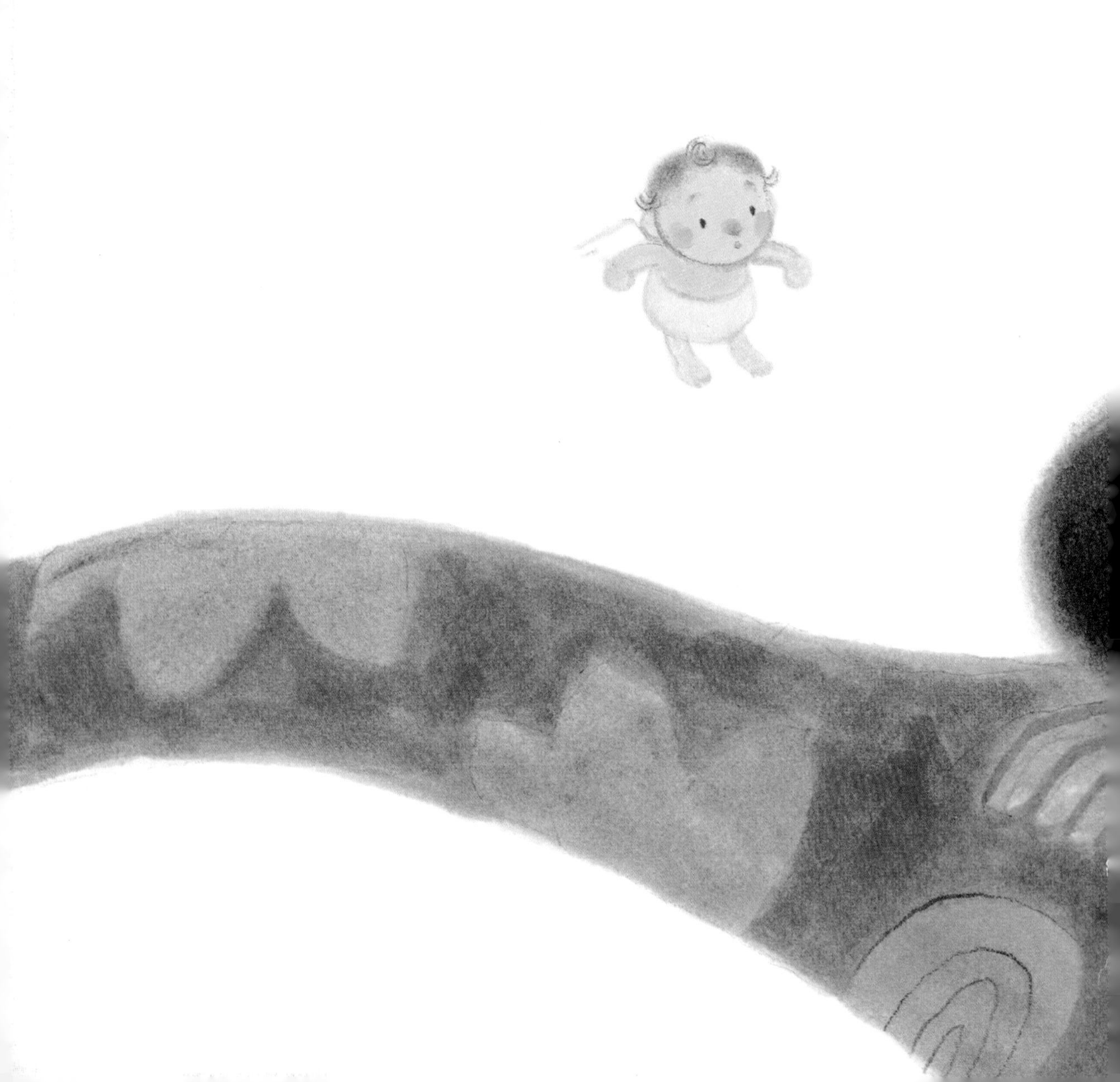

我也問過小小豬們：

「你們知道我的媽媽在哪裡嗎？」

小小豬們說：

「你的媽媽我們不知道，

不過我們知道我們的媽媽喔。

來呀！來呀！」

「噗～ 噗嗶～ 噗！」

啊呀啊呀，

小小豬們吸ㄋㄟ ㄋㄟ的時間到囉！

豬媽媽說：

「謝謝你們來當我的寶貝！」

我正在尋找媽媽。

因為我想要媽媽緊緊的抱著我，
因為我想要很多很多的親親。
我也能那麼棒，
啾啾啾的吸著ㄋㄟ ㄋㄟ嗎？

呼～　呼～

貓頭鷹家的哥哥和弟弟飛來了，

「一起玩吧！」貓頭鷹說。

「不行！不行！我正在找媽媽，

所以不能和你們一起玩。」

「欸欸，你們的媽媽

是什麼樣子呢？」

「是溫暖的、蓬蓬軟軟的媽媽唷！」

貓頭鷹家的媽媽，
張開好大的翅膀說：
「謝謝你們來當我的寶貝！」

媽媽到底在哪裡呀？

好想快一點見面哦……

暖暖的光包圍了過來，
溫柔的把我抱了過去……

我找到媽媽了唷！

我變成一道光，
進到媽媽的肚子裡囉。

是個月亮圓圓的夜晚，
一個靜悄悄，好棒好棒的夜晚。

「怦怦、怦怦！」

「怦怦、怦怦！」

聽得到呢，感覺得到唷！

媽媽的聲音、媽媽的溫暖。

我要誕生成為媽媽的寶貝囉！

「好想聽到那句話啊……」

「謝謝你來當我的寶貝！」

謝謝你來當我的寶貝

作　　者：西元洋（にしもと よう）
繪　　者：黑井健
原出版社：株式會社　童心社
譯　　者：顏秀竹
總 編 輯：林慧美
主　　編：謝美玲
執行編輯：林毓珊
視覺設計：高茲琳

發 行 人：洪祺祥
發　　行：日月文化出版股份有限公司
製　　作：大好書屋
地　　址：台北市信義路三段 151 號 8 樓
電　　話：(02)2708-5509　傳真：(02)2708-6157
E-mail：service@heliopolis.com.tw
日月文化網路書店：http://www.ezbooks.com.tw
郵撥帳號：19716071 日月文化出版股份有限公司
法律顧問：建大法律事務所
總 經 銷：聯合發行股份有限公司
電　　話：（02）2917-8022　傳真：（02）2915-7212
初　　版：2013 年 3 月
初版六刷：2013 年10月
定　　價：250 元
I S B N：978-986-248-311-4